강을 따라

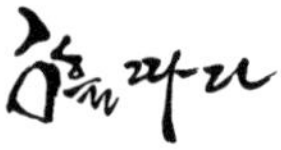

펴 낸 날 2022년 03월 16일

지 은 이 신호철
펴 낸 이 이기성
편집팀장 이윤숙
기획편집 서해주, 윤가영, 이지희
표지디자인 서해주
책임마케팅 강보현, 김성욱
펴 낸 곳 도서출판 생각나눔
출판등록 제 2018-000288호
주 소 서울 잔다리로7안길 22, 태성빌딩 3층
전 화 02-325-5100
팩 스 02-325-5101
홈페이지 www.생각나눔.kr
이 메 일 bookmain@think-book.com

• 책값은 표지 뒷면에 표기되어 있습니다.
ISBN 979-11-7048-375-5 (03810)

신호철 시집

발문

신호철 시인의 두 번째 시집 『감을 따다』에 부쳐

신호철 시인은 어렵지 않고 난해하지 않은 시어로 순수하게 시를 씁니다. 그의 시는 인공 조미료 맛이 나지 않고 천연 조미료의 구수한 맛을 풍깁니다. 조각하지 않고 자연석의 자연스런 아름다움을 느낄 수 있습니다. 현학적 허세 없이 겸손한 자세로 독자들로 하여금 시인의 마음을 공감하게 합니다.

그의 시는 세속적 탐욕에 때 묻지 않는 순수한 영적인 거울입 니다. 세상의 일로 부산한 마음을 정화하게 합니다. 그의 시들은 고갈된 정신을 축여주는 단비와도 같습니다. 일상의 삶을 그저 지나치지 않고 음미하여 인생을 관조하며 주변의 일어나는 모든 일을 통하여 자연을 통한 하늘의 계시를 보게 합니다.

「감을 따며」는 시인에게는 감을 따는 것이 단순히 농사일을 돕거

나 추억을 소환하는 차원을 넘는 것을 보여줍니다. 인생의 의미와 가치에 대한 신앙적 행위로 승화됩니다. 사계절 모두가 시련이지만 떫은맛 모두 버리고 달달함을 남게 해 주듯 우리네 인생에게는 모든 것이 시련이지만 달달함만 남게 해 줄 것임을 신앙의 고백으로 담아냅니다.

「책의 값」은 책이 만들어지기 위하여 지불된 많은 지혜와 고민과 노력의 값으로 적당한 것일까? '책에 담긴 많은 정보와 인생의 대한 값진 교훈들은 가격으로 매긴다면 얼마나 클까!' 그래서 값비싼 대가를 지불하고도 흐뭇한 상상을 했을 것입니다.

그러나 그 책이 '뒷방 늙은이처럼 베란다에 내몰려 찾는 이 없이

먼지로 세월만 빻다가 치킨 한 마리 값에 팔리다니.' '저많은 책 속에 담긴 글의 가치는 얼마나 될까?' 많은 책들은 값비싼 대가를 지불하고 사기에 전혀 아깝지 않은 가치 있는 지혜들이 가득 담겨 있습니다.

「책의 값」에는 읽히지 않고 팔리는 책에 관한 아쉽고 안타까운 마음이 듬뿍 담겨 있습니다. 어떤 책은 이 세상에서의 삶뿐만 아니라 값으로 계산할 수 없는 영생에 대한 지혜까지 주기 때문입니다.

「호박죽」에는 가을이 담긴 '단단히 속살 키워낸 늙은 호박'의 그리움이 끓어오릅니다. 그 그리움은 인생의 속살을 단단히 키워낸 그리움입니다.

해가 갈수록 그리운 얼굴들이 많아집니다. 맞습니다. 그 그리운 분들에게 '내 손으로 끓인 뜨거운 호박죽 한 그릇 겨울 길목에서 경건히 대접하고 싶다는 것'은 그리운 이들에 향한 경건한 신앙의 모습일 것입니다.

신호철 시인의 두 번째 시집 『감을 따다』를 읽는 모든 이들에게 시인의 감탄과 탄식과 감사와 고백이, 그리고 자연을 통한 하늘의 계시가 함께하기를 바랍니다.

2021년 성탄절에

윤광원 목사

프롤로그

속이 편해지는 글을 쓰고 싶었다.
읽으면서 무슨 의미일까 한참을 고민하는
그런 글 말고 한번 읽어도 누구나 편하게 읽고
글 속에 담긴 의미가 전해지는 소화가 잘되는
호박죽 같은 편한 그런 글이길 원했다.

삶은 언제나 내게 편안함을 주지 않았다.
한해를 맞고 보낼 때마다 크고 작은 돌멩이는
어김없이 생겨나 마음은 아팠고
늘 내 안에 갈등으로 나를 힘들게할 때
글을 쓰며 잠시 호흡할 수 있는 힘이 생겼다.
1년여 만에 두 번째 책을 내며 익지도 않은 열매를

따는 것 같은 고민에 망설여짐은 어쩔 수 없다.

나 혼자 만족하고 나 혼자 좋다고 쓴 글들을

누군가에게 읽게 하는 강요가 되는 건 아닐까?

그럼에도 용기를 낸 건

내 글에 공감해준 몇몇의 사람들이 있었고,

그러기에 작은 용기를 낼 수 있었다.

그리고 지금 부캐 같은 글을 쓰는 일을 언제 멈추게 될지

모르기에 기록으로 남겨두고 싶었다.

첫 시집을 내고 내 글을 읽으면서 내 안에 나를 찾아 여행할 수 있는

시간들은 행복했고 감사했다.

누군가에게 잠시 일상에 벗어나 잠시 바람을 맞듯 쉼을 줄 수 있는

그런 글이 되길 바란다.

|목차|

제1부 감을 따며

제2부 사람 꽃

제3부 작은 행복

1부

감을 따며

엄마의 장독대

가족들 밥과 찬의 근원이 되었던 곳
자식들 잘되길 간절히 두 손 모아 빌었던 곳
당신의 삶이 고단할 때면 뒤돌아 눈물 흘렸을 그곳
한평생 떨쳐낼 수 없는 숙명처럼 지켰을
엄마의 장독대

모양도 크기도 다양한 장독대에
엄마는 얼마나 많은 사연을 담았나요
장독 안이 채워지고 비워질 때마다 당신 주름은
더 깊게 새겨졌겠지요

호기심에 작은 독 안을 열어보던
막내아들은 이제 흰머리가 늘어 가는데
여전히 당신 품이 그립습니다
엄마의 장독내에 흑백사진 같은
세월이 흘렀습니다

아늑한 평온

간판 없이 펼쳐놓은
할머니 좌판 앞에는
뽀얀 속살 내보이는 깐 마늘
가지런히 다듬은 고구마 순
새벽이슬 속에 자란 애호박 서너 개
보랏빛 고운 가지들
날것 모양 그대로 오이가 펼쳐져 있다

화려한 카드 대신 꼬깃한 몇천 원이 더 가치가 빛나는 곳
할머니가 건네준 까만 봉지 안에
그리운 사람 정도 한가득 담겨 있다

정형화된 모양과 대량 생산되는 먹거리
표정 없는 기계 앞에서 말 대신 손가락 버튼으로
주문을 하고 주인 없이 쏘아보는 CCTV 아래 물건값을 지불하며
감정은 점점 굳어져만 가는데
할머니 펼쳐진 좌판은 아늑한 평온이 찾아든다

무허가 농사꾼

낚시터가 폐쇄되고
사람 손 닿지 않은 뚝방으로 잡초가 무성해졌다
한두 해 뚝방을 억척스럽게 일궈
텃밭을 개척하는 사람들이 점차 늘고
문서도 없는 작은 텃밭들이 생겨났다

저마다의 토지 경계를 나누고
옥수수며 고구마, 상추, 오이가 심기고
흙이 키워낸 채소는 풍성한 밥상이 되었다
태고의 고향 같은 땅을 일구는 억척스러운 개척자들
문서 없는 땅을 가진 마음 부자들

봉숭아꽃 다시 피고

한낮 뜨거워진 여름
타들어 가는 열기에
녹아내리듯 생기 잃은
분홍 봉숭아 꽃잎

몇몇 송이 주섬주섬 모아
콩콩 절구질을 하니
짙은 쑥빛이 되었다

녹색 물이 들까
걱정하는 딸아이
한밤 고이 자고 나니
손톱마다 분홍 봉숭아 꽃 피었다

뜨거운 여름에서 첫눈 기다리는 겨울까지
시들지 않을 봉숭아 꽃 다시 피었네

밤 마실

저녁상을 무르고 난 후
왠지 모르게 찾아온 작은 죄책감을 떨쳐 내고자
밤 산책에 나선다
한여름 불볕더위는 밤이 되어도
쉬 사라지지 않고 후텁한 공기가
내 맨살을 흩는다

아파트 단지를 벗어나
한적한 길을 걸을 땐
등에 흐르는 땀의 보상인 양
여름 풀벌레들 소리와
풋내 나는 풀 내음과
시원한 바람이 한점 들어왔다

하늘에 뜬 달은 보름달만큼이나 희고 밝았다
저 둥근 것이 어떻게 허공에 달려
있을까? 궁금증도 잠시 바람으로 스쳐 가고
다시 후텁한 공기 내뿜는
그곳에 돌아왔다

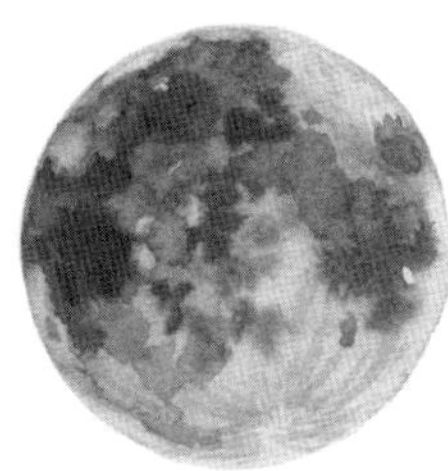

둥구나무 2

폭풍우가 시작된 어느 날
천둥소리에 쉬 잠들지 못한 밤이 지나
마을 가운데 둥구나무는 노구의 몸을 견디지 못하고
몸의 절반이 꺾여져 처참히 쓰러졌다

위풍 있던 모습이 처참하게 반쪽을 잃은 모습이었지만
그 자리에 지켜주길 바라는
마을 사람들의 간절한 염원에도 생의 끈은
훗날 또 한 번 시련에 끝내 밑동이 잘리고
마을의 전설로 기억되었고 난 그날의 충격으로
오랜 시간을 아파했다

나무처럼 단단한 사내가 폐 속에 독버섯 같은 꽃이 피어나
앙상한 피골이 되어 쓰러졌을 때
둥구나무 뿌리가 송두리째 뽑힌 내 마음에는
채울 수 없을 커다란 구덩이 하나 생겨났다

징검다리에 서면

움켜쥔 손안에 물을
잡을 수 없듯
손가락 사이 잠시 스쳐 간
바람처럼 흔적만 남았네요

흘러가는 냇물을 막아서며
오래도록 당신과 함께 하고 싶지만
갈빗대처럼 숭숭 뚫린 나는
당신이 흘러가는 모습을
그저 바라볼 뿐입니다

뒤돌아가는 당신을 잡고 싶지만
징검다리처럼 헤진 내 가슴 위로
당신은 머물 수 없습니다

옥수수

처마 밑에 매달려
바람으로 볕으로 온몸이 딱딱하게 굳고
얼음 녹은 땅에 새봄과 함께 고이 묻혔다

돌처럼 단단한 알맹이를 땅이 품고
어미의 젖 줄기 같은 자연이 주는 비를 먹고
부푼 몸을 터트리고 순을 올려 무더위가 찾아든
여름에는 어른 키만큼 자랐다

어린 배냇머리 같은 숱을 내고
점점 자라난 수염은 개성을 뽐내듯 염색물도 들이고
어느 것은 곱게 빗어진 긴 생머리처럼 고왔다
자란 수염이 점점 비틀어져 메말라 가면
그 속엔 뽀얀 속살 알알이 꿈처럼 차오른다

마당 가운데 피 오른 매캐한 모깃불

저녁을 무른 뒤 멍석에서 다 같이 둘러앉아

여름밤에 먹던 옥수수

하늘에 떠 있는 별처럼 많은 알알이

별이 되어 내 입으로 들어왔다

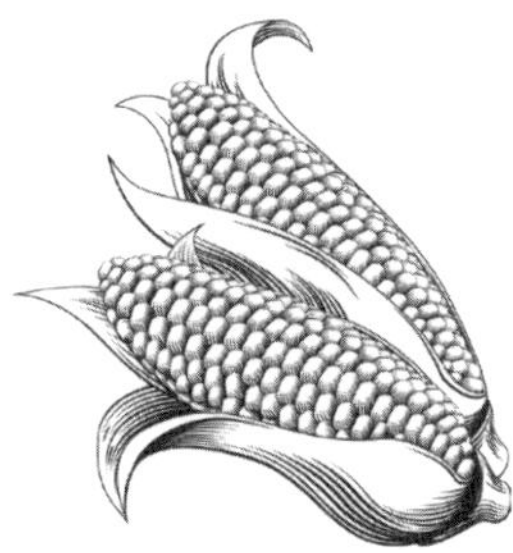

휴 업

독톡 소리 내며 비가 온다
나뭇잎을 깨우듯
나뭇잎 위로 또르르 구르며
가만가만 나무를 일깨운다

한낮 내뿜는 따가운 태양 열기에 지쳐
긴 모가지 늘어뜨리고 애처롭게 보이던
나무에 단물 같은 비가 온다

땡깡 피우듯 나무에 달라붙어
핏대 높여 울던 매미도
오늘은 잠시 쉬어 간다

톡톡 떨어지는 빗소리를
나무잎 그늘에서 울지 않고
가만히 듣고 있는지 모른다

산장에서

허물 벗듯 떨어진 낙엽 위로
사부작사부작
길손 낙엽 밟는 소리
옮기는 걸음마다 가을 속으로
걸어 들어간다

고요함을 깨우는 건 산새 소리
돌돌돌 계곡 물소리뿐
세상 시간이 쉬어 가는 그곳
길손의 마음이 머문다

눈 들어 바라본 산으로
가을빛은 깊어가고
길손의 마음도 깊어져 간다

큰 샘

우물 샘 나는 그곳에
젊은 아낙들은 빨래를 하며
마치 정해진 약속을
한 듯 모여들었다

아직 젖도 떼지 않은 어린 막내딸은
엄마 등 혹 처럼 포대기 감싸여 고이 잠들고
골마다 작은 샘이 있었지만 빨래가 많은 날은
약속한 듯 동네에서 가장 큰샘에 모여서 빨래를 한다

비누칠한 빨래를 힘껏 내리치며 간밤
동네에 발생한 기한 소문을 공유하고
가끔씩 내뱉는 음담패설에 웃음소리 가득하다
발 없는 소문에 근원이 되었던 그곳
큰 잔치를 앞둔 날도 어김없이 큰샘에 모여
남정네 들은 호기롭게 돼지를 잡으며 소란스러웠다

여전히 큰샘에는 물이 넘쳐 나지만
사람들 빈 발걸음만 무심히 지나친다

아궁이

불씨 사그라진 집에
그리움 크기만큼
속이 탔을까
꺼먼 입 다물지 못하고

저녁마다 그물 짓던 거미는
낡은 그물 남겨두고
돌아오지 않는다

헤진 거미줄에 잡힌
부연 먼지는
세월만 덧칠하고 있다

숯불 같은 뜨거움
다시 한번 품어 볼 수 있다면

감을 따며

뒷마당 한편
가을 서녘 하늘 닮은
감나무 감이 익어가면
긴 대나무 장대 끝으로
대롱대롱 가을을 따 담습니다
슬레이트 지붕을 소란스럽게 만들며
땅바닥에 뒹굴던 감도
고단하게 서산으로 기울어져 가는
저녁 해 같은 붉은 홍시도
소쿠리에 담겨 있습니다

시린 겨울 지나 봄 햇살에
어미 배꼽 같은 감꽃에 달려
바람소리 새소리 듣고
여름 장마 비 맞고 천둥소리 뜨거운 태양도

견뎌내며 땡감 떫은맛은 모두 버리고
달달함만 남게 해 준 가을이 고맙습니다

내 인생 가을 언제쯤엔 미운 맘 상처 난 맘
모두 변해 용서와 사랑만 달콤함으로
남았으면 좋겠습니다

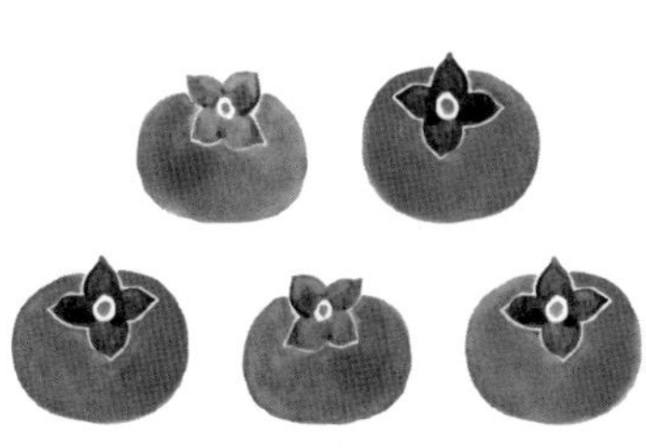

연애편지

밤새 고민하며 쓰고 지우길 반복한 편지
예쁜 편지지 한 장에 마음 담아
풀 바른 우표를 붙여 우체통에 넣고는
며칠 후에 그 답장을 받아 볼까
설레는 마음으로 손꼽아 기다리던 손 편지

밤이면 밤하늘에 반짝이는 별의 이야기를 담고
가을이면 노랗게 물든 은행잎처럼 고운 맘을 새겨 넣은
편지가 그녀의 손에 무사히 전해질 수 있기를
바라고 바라던 마음
켜켜이 쌓인 먼지와 세월에
빛바랜 편지만이 그 추억처럼 박제되어 있다

편리함을 따라 더 많은 대가를 지불하고
더 복잡한 자물통으로 자신을 가둬가는 세상
느리지만 언제 올지 모를 소식을 손꼽아 기다리던
그 시절이 더 그리운 계절이 왔다

달

달은

우리 엄마 나기 전에도 있었다지

나 태어나는 그 날에도 하늘에 밝히 떠서

지켜보았다지

내 엄마 하늘가는 그 날도

어른이 되어 추석 보름달 보며 고향 그리는 오늘도

달은 여전히 밤하늘 비추고 있지

쇠똥구리

낮은 둔덕 야산에 풀을 먹고
배설한 쇠똥을
자기 몸통보다도 더 큰 경단을 빚듯
열심히 쇠똥을 굴리던 쇠똥구리

가을 추수가 끝난 논에
커다란 쇠똥구리 한 마리
여기저기 커다란 하얀 쇠똥 무덤
만들어 놓았다
아이들은 하얀 마시멜로
사탕을 닮았다고 말을 한다
그 옛날 쇠똥을 굴리던 쇠똥구리는
이제 아이들에게 찾아오지 않는다

나는 빠르게 변하는 세상 속에서
기억조차 흐릿해져 간
쇠똥구리 한 마리

겨울 풍경

밤사이 새하얀 눈이
소리 없이 땅을 덮어
순결한 태고의 땅으로 만들었다
아직 누구도 침범하지 아니한
새하얀 대지였다

소담스럽게 장독 위에도
나무 위에도 솜털처럼 내려앉았다
간밤 처마 끝에는 한 뼘도 더 자라난 고드름이
키재기 하며 거꾸로 매달렸다
투명한 고드름 속에는 추억의 알갱이가
눈부시게 얼어 있었다

김장하는 날

한 계절이 딸랑~
풍경소리를 타고 흘러갑니다
노란 은행잎을 떨군 비단길 위로
한 계절은 지나갑니다
심술궂게 구름은 계절에 앞서
때 이른 눈 일어 봅니다

뵈지 않던 빨간 고무 대야 통들 속
달콤한 속살 키워낸 푸릇한 가을배추가
소금물에 담기면 비로소 한 계절을
맞이합니다

오월의 따스한 봄바람에 알싸한 맛 채운 마늘과
칠월의 뜨거운 태양 볕에 매운맛 도는 붉은 고춧가루
시월의 가을 햇살에 달달한 맛 키워낸 배추

짭조름한 바다 내음 새우 젓갈 속에서 세 계절은 어우러져
또 하나의 네 번째 계절을 준비합니다
올해도 처갓집에서는 김장하는 소리로
소란스럽습니다

새벽송

달빛 갇힌 눈길 위
새겨진 발자국
시린 손
한 줌의 입김으로
데울 순 없어도
수정 같은 얼음 녹이듯
따스한 마음으로
그날의 새벽
천사들은
기쁜 소식 전했다네

첫눈 의식

겨울을 맞이하듯
나무가 비로소 알몸이 내보이는 날
그때 겨울이 시작되었을지 모른다

나에게 첫눈을 기다리는 이유가 있다
딱딱하게 돌처럼 굳어진 봄의 정취를
냉동실에서 꺼내는 의식을 거행하는 날이다

이른 봄 대지의 정기를 뚫고 솟아오른 쑥을 캐어
뽀얀 찹쌀가루 안으로 그해 봄을 가둬
냉동고에 봉인한 장모님의 쑥 반죽 한 덩이를
첫눈이 오기까지 기다려
얼어버린 봄을 풀어헤친 쑥개떡으로 입안 가득 봄을
느끼는 첫눈 의식을 거행한다
그 의식은 지나간 봄이 아닌 한겨울을 뚫고
저 멀리 오고 있는 미리 맞는 봄인 것이다

2부

사람 꽃

책의 값

뒷방 늙은이처럼
베란다에 내몰려 찾는 이 없이
먼지로 세월만 빻던 책 전집
몇 해 전
홈쇼핑 쇼호스트 말을 맹신하며
값비싼 대가를 지불하고도
아내는 딸아이 책장에 가득한 책을 보며
혼자 흐뭇한 상상을 했을지 모른다

손때조차 묻지 않은 책이 고스란히
베란다에서 나이만 먹다
치킨 한 마리 값에 팔리던 날
안위하듯 작은집에 수납할 공간이 생겼다며
쓴웃음 흘렸지만

문득 저 많은 책 속에 담긴 글의 가치는
얼마가 될까? 궁금증이 갈증처럼 일어선다

기억 저장법

누군가는 사진을 통해
누군가는 글을 통해
누군가는 음악을 통해
그리고 누군가는 향기를 통해
또 누군가는 맛을 통해
자신의 기억 저장법으로
저장하며 과거로의 기억을 소환한다

오늘 내 흔적 남기는 일
미래의 내가 과거의 나를 만날 수 있는 저장법
우린 저마다 작가이며 훌륭한 예술가인 것이다

평행선

마주 선 너와 나
굳이 닿지 않아도
하나인 것을

줄이지 못하는 간극
뜨거운 불덩이 둘
서로를 그리다 가까워지면
다 태우고 흩어질 재

떨어져 있음이 한 몸인 것은
숙명 같은 운명

전봇대

전봇대 사이사이 거문고 현처럼
늘어진 줄에는
오늘 어떤 사연들이 전해지며
흘러가고 있을까?

몸속 심장에서 손끝 발끝까지
핏줄처럼 얽히고설켜 피를 돌게 하듯
네가 선 자리 구석구석 마다
어둠이 밝혀지고 반가운 소리
전봇대 줄에 담겨 전해지겠지

번 뇌

번뇌의 밤이 깊어간다
시간은 되돌이표처럼
계속 반복 재생
나 홀로 잠들지 못한 밤
시간마저 잠들어 깨어나지 않는다

마음을 내려놓고
비로소 멈춘 시간이 흘러간다
버리고 나면 아무것도 아닌 것을
자신을 괴롭게 하고서야 깨달아지는 것
비우고 나서야 얻게 된 달콤한 새벽 쪽잠

위 로(친구에게)

사람은 외로워
사람은 누구나 가슴속에
돌멩이 하나씩 품고 살지
가끔 돌멩이가 까슬하게 가슴을
찌를 때는 잠시 꺼내 두자
그런다고 그 돌멩이가 사라지지 않겠지만
혼자 외롭지 말고 둘이 외롭자

망망한 바다 같은 인생에
가끔은 우리서 있는 좌표를 확인하자
살아가는 건 누구에게나 외로운 것
그대 작은 등불은 나의 등대
나의 작은 등불은 그대 등대 되어
서로에게 길 밝혀 혼자 아닌 둘이 외롭자

불완전 변태

허물 하나 벗고 나면
자신을 키워내 준 번데기는
더 이상 생명 없는
빈 강정처럼 덩그러니
속 빈 허물이 된다

자신이 벗은 허물 마주 보며
그 안에 갇혀 보던 세상이
전부가 아니었음을 알게 되지만

몇 번을 더 나를 가둔 번데기를
벗어야만 세상에 바로 설 수 있게 될까?
불완전한 변태 모습
벗어나지 못한 속 빈 허물 속에 여전히 갇혀있는 나

더하기 빼기

산수책에서 배운 변하지 않는 진리
더하기와 빼기

너를 처음 사랑하게 된 그 날
그대와 설레는 첫 입맞춤
두렵고 떨리는 맘으로 시작하게 된 첫 직장
첫 아이가 어느새 어른으로 커가는 시간
수많은 더하기의 삶

고3 수험생의 수능시험일
군대 간 아들 맘 졸이며 기다리는 전역일
결혼식을 앞둔 설레는 신랑 신부
삶의 마지막을 기다리는 시한부 환자
수많은 빼기의 삶

곱하기 같은 로또복권 당첨 확률은 내게 없지만
당신과 더하기 빼기를 하며 남은 생 살다 가고 싶소

사람 꽃

붉은 장미 노란 금계화 하얀 개망초꽃
누군가 애써 찾아 불러주지 않는 들꽃
그래도 어찌 이름 없는 꽃이 있으랴
색깔도 모양도 제각각 피어나 꽃밭으로 어우러진다

흔한 개망초꽃이 보잘 없다 외면받지 않고
붉은 장미 빼어남에 저 홀로 돋보이지 않은 것처럼

내 가진 모양과 향기로
꽃처럼 어우러져 내 자리에 피는
사람 꽃으로 살고 싶다

그녀의 숨소리

그녀가 달콤한 잠 속에 빠져들었다
새근대며 여린 숨 쉬며 잠들던 그녀가
엄마의 삶이 더해 갈수록
"드르렁드르렁." 고단한 소리를 내며
잠들어 있다
드르렁대는 소리가 쉬 잠들지 못한
내 귀에 파고든다

새근대며 숨 내쉬던 그녀가
나와 같이 꿈결로 가는 소리다

꽃눈 위를 걷다

어린 새순이 나기 전 새하얀 꽃으로
봄의 소식을 알리고 싶었던 모양입니다
급한 마음에 서둘러 새하얀 꽃을 피우더니
내리는 비에 어느새 하얀 꽃눈이 되어
꽃길을 만들었네요

그 옛날 소월은 약산의 진달래꽃을 아름 따서
가시는 님을 위해 뿌리겠다 했지요
저 새하얀 꽃길은 누굴 보내는 길이기에
이렇게 사월의 흰 눈 되어 내렸을까요

돌이켜보니 청춘도 꽃처럼 왔다가
금세 가고 말았네요
꽃 지고 푸릇한 새잎 틔우겠지요
자연의 순리대로 우리가 그런 것처럼 말이에요

11월 30일 비

계절의 끝자락
십일월의 마지막 날
때늦은 가을비가 옵니다

나무들은 거추장스런
낙엽을 훌훌 털고 맨몸에
비를 맞습니다
마치 긴 겨울 맞이하는
경건한 의식처럼

씻기는 건 지난날의 잔상
거듭나기를 위해 시린 계절을 맞이하는
의식은 경건합니다

나팔꽃

중력을 거슬러 살고 싶었던
나팔꽃은 전봇대에 매달려
힘겹게 하늘을 향해 올라갔습니다
마침내 전봇대 꼭대기에 올라
진보라 빛 나팔꽃을 이른 아침마다
마구 피웠습니다
하늘과 조금 더 맞닿아
보지 못할까 듣지 못할까
나팔을 불며 노래합니다

구름 위 산

저 높아만 뵈던 하얀 구름
모두 잠든 밤 조용히 내려앉아
산허리 짙게 감아 쉬어 가고

새벽이슬 머금은 발 가쁜 숨으로
정상에서 세상 내려다보니
하얀 바다 위에 섰는가
두둥실 떠가는 구름 위에 앉았는가

하얀 구름 두 발 아래 두고 보니
세상 시름은 오간 데 없어라

아빠와 딸

딸아
산에 바람이 불 때면
나무는 이야기를 한단다
바람이 휘돌아 갈 때면
나무마다 제 잎사귀를 파르르 떨며
산에는 나무들 이야기로 가득해지지
시원한 바닷가 파도 소리를 들려주고
고요하게 자장 노랫소리도 들려준단다

아 정말이네
지금 보이는 파란 하늘은 바다 같고
하얀 구름은 밀려오는 하얀 물거품 같아
그리고 나무는 지금 파도 소리를 만들었어
근데 겨울에 나뭇잎이 다 떨어지면?
…
…
아…, 그럼 아마 나무가 겨울잠을 자고 있지 않을까?

비 오는 풍경

전조등 불빛 낮게 깔리는
비 오는 길
고인 물 위로
작은 동그라미 피어나고
울긋불긋 피어난
우산 꽃들의 행진
차 유리창 빗물 지우개 지나간 자리
방울방울 미끄럼 경주 펼쳐지는
비 오는 아침 풍경

커피 한 잔

가을바람 스산히
도로 위 떨어진 낙엽을 휘몰고 가는
10월의 어느 날

무거운 낮은 회색 하늘 아래 갇힌 듯
이끼 끼듯 배설하지 못한
헝클어진 감정의 찌끼를
카페인 가득한 쓴 커피 한잔
목구멍 안으로 넘길 때
잠시 몸 밖으로 배출할 수 있었다

응고된 기억 기름 덩이 같은
묵은 감정들이 가끔씩 무겁게
숨통을 옥죄어 올 때
뜨거운 커피 한잔에 딱딱히 굳어진
감정을 눈 녹이듯 녹일 수 있다면
가을이 조금 덜 외로워진다

해 질 무렵

퇴근길에 마주한 저녁해
냇가 위로 낮게 걸터앉아
냇물에 붉은 빛깔 풀어놓는다

하루 고단함을 씻어내고
쉼을 얻기 위한 세신(洗身)의 시간이다

깜깜한 새벽을 걷어 올려
높은 허공에 매달려 얼굴이 붉어질 만큼
하루를 만들었다
수억의 긴 우주의 시간에도 결코 멈추지 않은
거룩함이다

하루를 보낸 무수한 저녁해가 꼬리를 물며
까만 도로 위에 붉은빛을 쏟아 놓는다
오늘 하루를 찬란히 비춘 하나의 작은 태양들이다
고단한 하루를 보내고 쉼을 찾아가는 거룩한 행렬이다

일 출

먹 같은 짙은 어둠을 힘겹게 밀어 올리고
붉게 홍조 띤 새벽하늘이 발그레 열렸다

하루를 열던 태양도 시린 찬 바람은 싫은지
한겨울 새벽을 여는 시간이 점점 늦어져만 간다
헤진 구름 사이를 뚫고 햇살은 빛 커튼을 내렸다

아무리 꼭꼭 숨겨도
결코 감출 수 없는 뜨거움
하루도 거르지 않은 거룩한 숭고함
오늘 새벽 하늘도 붉다

호박죽

단단히 속살 키워낸 늙은 호박
샛노란 고운 빛깔 속
가을을 담았습니다

겨울 문턱을 넘기 전
커다란 냄비 안에 달콤한 호박죽
뜨거운 그리움 피어나듯
펄펄 끓어오릅니다

그리운 얼굴 떠올리며 찹쌀 옹심이를
빚습니다
해가 갈수록 자꾸만 늘어갑니다

내 손으로 끓인 뜨거운 호박죽 한 그릇
겨울 길목에서 경건히 대접하고 싶습니다
옅은 그 미소 한 번 더 내게 보여 주신다면

3부

작은 행복

작은 행복

예상치 못한 소낙비를 만나
후드득 펼쳐진 우산 지붕을 때리는 빗소리를 들으며
누구도 침범 못 한 공간 안에 혼자 누려보는 안락함
지나온 과거의 삶을 함께 공유하며 안주 같은 담소로
나의 가난하고 허름한 오늘 하루를 함께 보내며
낮술이 주는 노곤함에 미소 짓는 친구 얼굴

늘 제자리 같아 멈추고 싶을 때 아주 미세한 성장통에
중독된 듯 자꾸만 안게 되는 손때 묻은 내 기타
뜨거운 여름날 편의점 얼음 냉커피 한잔의 시원함
작지만 고마운 나를 조금 더 행복하게 미소 짓게 하는 것들

고장 난 세탁기

그는 더 이상 일을 하지 않는다
아내가 시집올 때 처음 와
세 번의 이사를 겪으며 이십 년이 다 되도록
빨래를 하였던 그다
이제는 더 이상 빨래를 하지 않겠다
파업을 선언한 날
우린 비싼 눈물 흘렸다네

비싼 대가를 지불하고 새롭게 우리에게 온 그에게는
햇살 바람이 없다
베란다에서 햇살 바람으로 마른 빨래의 까끌한 흔적이 없다

어른이

빨리 어른이 되고 싶어요
그러면 하고 싶은 것을 마음대로 할 수 있고
하기 싫은 것은 안 해도 될 테니까요
그 '빨리'가 어느 새가 되고 말았어요
어른이 되어 살아보니
하기 싫은 걸 억지로 해야 할 일이 더 많아지고
하고 싶어도 참아야 할 때가 더 많음을 알았어요

세상은 아이도 어른도 똑같이 힘든 곳이에요
어쩜 나이가 더 들어갈수록 더 힘겨울지 몰라요
그것은 높아진 자신의 기준에 따르지 못하는
걸음이 느린 자아를 기다리지 못하는
마음 때문이겠지요

세월만 먹고 산 어른이입니다

철 지난 선풍기

찬바람 드니
거실 한편에 우두커니 서 있는
선풍기가 성가시게 애처롭구나

유난했던 무더위에 치열하게
바람개비 돌듯 빙빙 돌다 멈춰 선
먼지 쌓인 네 날개는 잔혹한 투쟁의
상흔처럼 지치고 초췌해졌구나

사람이나 물건이나 제자리를
지켜주는 고마움을 너무나 쉽게 기억의
망각으로 갉아먹힌다

무심코 당연한 듯 누리고 있는 그대의 그것은
누군가의 처절한 아픔일지 모른다

처음

나 지금껏 이런 거 너한테 처음 고백하는 건데
그 처음이란 단어는 그 어떤 말보다
많은 능력을 지니고 있음이 분명해

설렘과 동시에 순수하길 바라는 그 마음
올겨울 들어 내린 첫눈, 첫사랑, 첫 만남,
첫 키스 그 수많은 처음
거기에 왜 그리 큰 의미를 담고 싶은지 모르겠지만
우리는 늘 처음을 살고 있다

매일 반복되는 것 같은 일상 같아도
단 하루도 같은 하늘이 아니며
하늘에 떠가는 구름과 잠시 불어오는 바람 내음이 다르며
매일 같이 보는 사람의 마음도 표정도 늘 다르기 때문이다
우린 늘 처음처럼 살아야 한다

익숙해져 처음 같지 않은 착각이 들뿐

우린 늘 새로운 처음을 산다 우리가 사는 인생도 처음

부모라서 나이가 많다고 다 알 수 없는 건 너무나 당연한 일

처음 사는 인생은 누구에게나 낯설고 서툴다

오늘 하루도 소중한 처음을 살아가자

초능력자

글을 쓰면서 난 자유자가 된다
시간도 장소도 나를 가둘 수 없고
난 어느 시간과 장소를 자유롭게 넘나들며
갈 수 있는 능력이 생겼다

시간을 마음대로 역행하며 그리운
이들을 만날 수도 있고
아무런 장소도 구애 없이 나는 그곳에
여행자가 되기도 한다
말 못 하는 사물에 마음도 읽을 수 있으며
또 꽃과 달과 비와 나무도 친구가 될 수도 있다
내 기억장치에 저장된 데이터가 많을수록
난 더 멀리 그리고 오랜 시간을 여행할 수 있다

어느 날 내게 없던 초능력을 우연히 얻게 된 영화 속의
주인공이 나다
쉿! 그것은 나만의 비밀을 말하지 못하고
살아야 하는 히어로들의 숙명

금단의 물

잠시 갈증을 풀기 위한 물 한 모금
처음에는 그 안에 소금이 녹아 있음을
몰랐을 것이다
그 물에 목을 축일 때 시원함과 달콤함이
느껴졌을 것이다

목을 축이는 횟수가 더해지며
자신도 모르게 몸속에
소금 결정은 점점 커져가고
마침내 견디기 어려운 갈증으로 목말라 벌컥벌컥 들이키다
이성은 희뿌예지고 몸은 병들어 죽어가고 있었다
마침내 미라처럼 말라죽은 자신의 껍데기를
마주 보고 말 것이다

사고현장

간밤 사이 또다시 죽음을
맞이한 사체가 있다
도대체 이번이 벌써 몇 번째인지
같은 수법에 잔혹하게 죽음을 맞고
흉물스러운 모습으로 발견된다

하지만 그 누구도 그 범인을
애써 찾지도 잡으려 않는다
그저 운이 나쁜 피해자가 또 발생했다며
혀를 차며 그 자리를 질끈 눈을 감고 못 본 척
피해간다
미제 사건처럼 계속 반복되어
사건은 발생되었다

빠르게 변해가는 속도를 좇으며

자신도 통제할 수 없는 속도에 취해

힘없이 사라져 간 도로에 주검들

시간의 경계마저 허물고 최상의 포식자가 되어

죽어간 저들의 공간조차 허용하지 않고

연쇄살인범으로 살고 있었다

* 로드킬에 죽어간 동물 사체를 보며….

나의 기타에게

너를 만난 건
내 나이 십팔 세 청춘
첫사랑의 열병만큼이나 뜨거웠지
하지만 난 널 어찌 대할지 몰라 늘 긴장하였고
나의 어눌한 손가락에 너는 맑게 노래하지 못했지
일방적인 짝사랑으로 보낸 지 두 달쯤
처음 네가 들려주는 소리를 듣게 되었지

30년 넘게 한 가지 일을 했다면
아마 장인의 경지가 되고도 남았을 텐데
여전히 나의 겸손한 실력은 한결같다

그래도 나의 외사랑은 지금도 변치 않고 있다
쉽사리 얻은 것에 매력이 반감되듯
너를 다루는 건 어렵지만 아직도 난 네가 좋다
혼자여도 네가 있어 덜 외롭고

내가 좋아하는 노래를

간간이 불러주는 난 너를 사랑한다

비가 와도 함께라서 좋고 맑은 날에도 네가 있어 더 좋다

매미의 삶

오랜 시간을 땅속 어둠에 갇혀 빛도 없이
살다가
자신을 키워낸 허물을 벗고
비로소 빛나는 두 날개를 얻었다
눈도 보이지 않는 긴긴 해를 견디고
자신을 가두었던 껍질을 찢고
세상을 볼 수 있는 두 눈을 가졌다

한여름 짝짓기를 하고
여름 한철 살다 가는 매미
자유로이 날며 목청껏 울 수 있게 허락된 짧은 생애
빛도 없는 땅속에서 보낸 긴 인고의 시간 없이는 결코 가질 수
없었으리라

나약한 육체의 몸에 갇혀 살다가

나를 감싼 허물을 벗듯 육체를 벗는 그 날

날개를 달고 목청 높여 당신을 찬양할 수

있다면 매미처럼 산다 한들 감사하지 못함이

무엇이랴

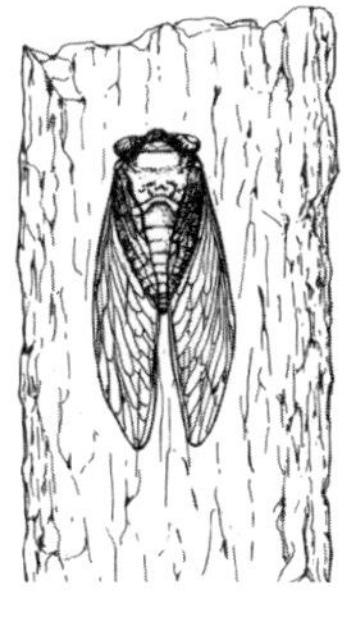

감사의 기도

사람들 앞에서 내뱉는 말을 교양 있게 하고
내 몸을 값비싸고 좋은 것으로 치장하여도

회칠한 무덤처럼 더럽고 썩어 냄새나는
나를 마주 보게 되면
나는 참으로 누더기일 뿐이라 어찌 고백하지
않을 수 있겠습니까?

내 주머니에 있는 돈으로 행복의 기준이 바뀌는 속물이며
선악의 기준조차 나의 이익을 따라 판단하는 이기적이며
남들에게 차마 말하지 못한 추하고 더러운 것들로 가득 차
난 좌절하지 않을 수 없으나 이런 나를 대신하여
죗값을 지불하였다니 난 너무도 부끄러울 따름입니다
그 은혜를 생각하면 어찌 내 가슴이 무너지지 않으며
눈물을 흘리지 않겠습니까?

나의 자랑은 오직 나를 위해 십자가 지신 예수님뿐임을

고백하며 나의 하루의 삶을 감사히 살아가게 하소서

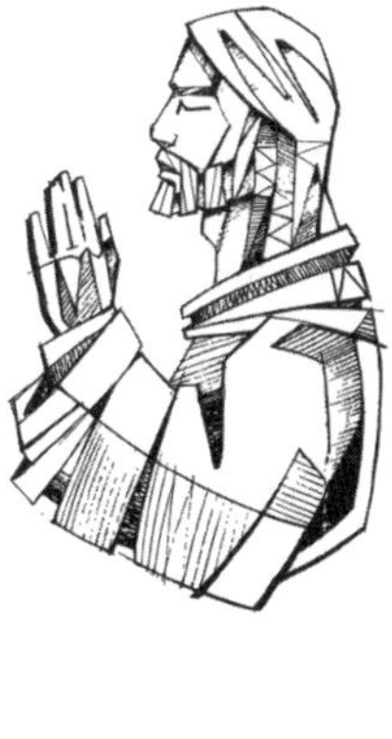

나이 쉰

마흔아홉에 하나를 더하고
늘어가는 흰 머리카락만큼
지나온 삶에 후회가 늘어간다

하지 말아야 할 말을 내뱉고
내 입을 봉하지 못했음이 후회스럽고
보지 말아야 할 것을 보며
내 눈을 감지 못했음이 후회스럽고
듣지 말아야 할 말을 들으며
내 귀를 닫지 못했음이 후회스럽고
하지 말아야 할 행동을 하고
절제하지 못한 내 모습이 후회스럽고
내가 더 잘할 수 있음에도
최선으로 더 간절히 하지 않은 것들이 후회스럽고
살아생전 부모님 목소리를 한 번이라도 더 기울이지 못했음이
후회스럽다

마흔아홉에 하나를 더하니

미숙했던 지나온 삶에 한탄만 늘어간다

산을 넘는 당신에게

살면서 앞에 고난이 올 때
산하나 넘기가 어찌나 고된지
산을 넘어 가는지도 모르는
고통의 시간을 견디고 보낸 뒤 잠깐
돌이켜 보면 어느새 그런대로
산 하나를 힘들게 넘어왔음을
깨닫게 됩니다
그럼에도
늘 시작도 끝도 알 수 없는 산은 계속
우리 인생 앞에서 만나게 됩니다

한 번도 쉬웠던 적 없었고 한 번도
만만한 적도 없었지만 그래도 넘어왔음을
감사할 수밖에요
어쩜 자신의 노력보단 삶의 무게에 짓눌려
죽지 않고자 몸부림이었을지 모릅니다

그렇게 산 하나 넘고 나면 마음에는 자신도
모르는 근육들이 자라 다음 산을 만나도 넘을 수 있는
힘이 생기게 되나 봅니다

그러니 산이 다가올 때를 두려워하지 마세요
견디고자 발버둥 치며 당장 너무 힘들지라도
결국, 당신은 또 하나의 산을 무사히 넘어왔다는 걸
알게 될 테니까 말이죠
마음의 근육이 더 단단해지면
비로소 당신의 인생이 그래도 살아볼 만은 했다고
고백하는 날이 올 거예요

여 행

잠시 떠난 길
쌓아둔 추억보다
아쉬움이 더 크게 다가옴은
다음을 기약하는 다짐의
약속이 된다

다음을 계획할 수 없는
삶의 끝 길에서
우리가
무심히 쌓은 축적된 시간들은
얼마나 더 큰 아쉬움과
후회로 남겨질까?

여행길에서 찾은 건

우리에게 허락된

삶의 시간은

너무나 소중하고도 간절함이다

십자가 부활

교회 첨탑 위에 붉은 십자가
높다란 곳에 달려 세상 조롱이 되고
2천 년 전 로마 군병의 희롱 속에
십자가에 달린 그를 여전히 십자가에 못 박으며
무뎌진 양심으로 살고 있다

나의 십자가는 없고 예수만 십자가에 못 박혀
눈물도 감격도 사라져
빈껍데기만 남아 죽어간 교회

약한 자를 들어 강한 자를 부끄럽게 하시는
주님의 권능 앞에 그날은 새벽처럼 오리라

꿈

아직 해야 할 것도
하고 싶은 것이 많은 나입니다
이십 대를 보내고 삼십이 되던 해
이젠 내 청춘도 끝이런가 무너졌던 그 마음이
두 번의 굴절을 지났어도
아직 하지 못한 일도 첫사랑의 설렘 같은
하고 싶은 것이 아직 많이 남아 있습니다

속절없이 쌓아온 세월 탓을 하고 있는
못난 나를 일깨워준 건
당신의 뜨거운 삶이었습니다
아직 내게도 피우고 싶은 꽃이
남아 있는 건
당신의 향기 나는 삶 때문입니다

침 묵

식당을 운영하던 자영업자 47세 A 씨 극단적인 선택
생활고에 시달린 31세 청년 A 씨 죽은 지 사흘 만에 발견
평소 우울증을 앓던 연예인 B 씨 스스로 생을 마감
혼자 살고 있던 독거노인 81세 박 모 할머니 죽은 지
몇 달쯤 지난 것으로 보임

"경찰 관계자는 유서는 발견되지 않았으며 별다른
타살 혐의점은 없어 극단적인 선택을 한 것으로 보이며
조사 중이라 발표했습니다."

매일 들려오는 수많은 죽음들
소중한 한 생명이 하늘의 시간을 열 때
왜 저들의 죽음을 아파하지 않았을까?

자신의 권력을 지키기 위해
자신의 배를 채우기 위해

매일같이 싸우고 있는 저 짐승들은

무엇을 지키려는가?

무엇을 남기려는가?

힘없는 저들의 죽음 앞에 우린 침묵의 목격자로

살고 있었구나

고 백

사람들을 향해 나만큼만 하면 잘하는 것이라
말을 했습니다
세상에 나 같은 사람은 없을 거라고
세상은 왜 나 같은 사람을 몰라주는지 불평하며
내가 기준이 되어 남을 판단하고 평가를 하기도 했습니다

어느 것이 만족스러우면 어느 것은 실망스럽고
어느 것이 좋으면 어느 것은 싫고
아무리 봐도 내 맘에 차는 사람은 없었습니다
너무나 불합리하게도 그런 사람이 권력을 갖고 있다고
원망도 했습니다

주님은 말하십니다
세상에 너만 잘하면 된다고
너만 잘하면 내 주위 사람들이 힘들지 않아
어리석게도 몰랐습니다

문제는 밖에 있는 남이 아닌 안에 있는 나 자신임을

남을 향한 잣대를 나한테 돌리고 나니

세상에서 가장 못된 사람도 부족한 사람도

나뿐입니다

오늘 다시 예수님만 십자가에 오르십니다

기 도

나의 하나님, 나의 길들여지지 않는 입술에
재갈을 채울 수 있는 인내를 주시옵소서
금방이라도 입을 열고 잠시도 멈출 수 없이
폭포수와 같은 말로 남을 힐난하고
미워하는 말을 내뱉지 않도록 절제할 수 있도록 하옵소서
온전히 훈련받지 못해 당장 누구라도 붙잡고
말을 쏟아 놓고 싶은 그 마음을 참아내는 것으로
나를 괴롭게 할지라도
잠잠하며 인내하게 하소서
독사의 독 같은 말로 사람을 상하게 하는 말을 삼가고
나 자신을 더 연단하며 오늘 하루를 살게 하옵소서
내 말이 사람을 상하게 하는 독과 같사오니 남을 죽이는 독이
아닌 사람을 살릴 수 있는 생명 샘의 말을 낼 수 있도록
나를 변화시켜 주옵소서

자화상

속절없이 시간은 흘러
자네 얼굴에도
이제 나이가 보이는구려

올해도 한 장 남은 얇아진 달력
시간이 어찌 갔는지
모를 만큼 빨리도 지났다네

그런데도 아직도
철부지 같은 마음
여전하니 그런 맘이 들 때면
사람이 참 어리석게 여겨지네

예전 같지 않은 게으름으로
몸에 붙어 난 살집과
늘어난 주름과 흰머리를 보니

유한한 인간의 나약함을 생각하지
않을 수가 없다네

그럼에도 더 감사할 일이
한 가지가 있으니
나를 인내하시며 포기치 않는
하나님 그분이 내 아버지 되심이라네

이제는 욕심을 줄이고 베풀며
살고자 애써보세
기왕이면 화내는 일도 줄이고

영원히 살지 못하는 인생 그 유한함을
인정하는 것만으로도 우린 훨씬
오늘을 소중한 날로 여기며 감사할 수 있는
삶을 살 수 있을 것이네

그리움

잠긴 문틈 사이로
빛이 비집고 기어 들어옵니다
생각 틈 사이로
그대 얼굴 삐죽이 떠오릅니다

문틈 새 드는 빛을 막을 수 없듯
생각 틈새 그대 얼굴 감은 눈 위로 선명해 옵니다

그리움은
문틈 새 드는 빛과 같아서
두 눈을 감아도 감아도 지워지지 않습니다